Erich Mühsam WIE ICH DICH LIEBE!

1.AUFLAGE JANUAR 1990

VERLAG KLAUS GUHL
KNOBELSDORFFSTRASSE 8
1000 BERLIN 19
ISBN: 3-88220-239-4

ERICH MÜHSAM

WIE ICH DICH LIEBE!

VERLAG KLAUS GUHL

INHALTSVERZEICHNIS

Uli, Kaschka, Margarete,
Eva, Gerta, Bianca, Kete!
Ihr verschmähtet, mich zu lieben.
Gut. So will ich sanfte Rhythmen,
mildbewegte, euch, ihr Sieben,
traurig, doch in Treue widmen...
An der Liebe Niederlagen
läßt der Dichter Lieder nagen.

KLEINER ROMAN

Sie lernte Stenographin.
Er war Engros-Kommis.
Im Speisewagen traf ihn
ein Blick. Er liebte sie.

Auf einer Haltestelle
brach man die Reise ab,
woselbst er im Hotelle
sie als sein Weib ausgab.

Nicht viel, das man sich fragte.
Doch küßten sie genug.
Und als der Morgen tagte,
ging schon der nächste Zug.

Nach einer kurzen Stunde
fand ihre Fahrt den Schluß.
Er nahm von ihrem Munde
noch einen heißen Kuß.

Er sah sie schnupftuchwinkend
noch stehn zum letztenmal,
und in sein Auge blinkend
sich eine Träne stahl.

Er soll sie heut noch lieben.
Sie war so drall und jung.
Ihr ist ein Kind geblieben
und die Erinnerung.

Wie ich dich liebe!
Denn ich liebe alle dunkeln Fragen,
Die die Wahrheit hinterm Auge tragen, -
Und die Worte lieb' ich, die verschwiegen
Auf dem Grunde einer Lüge liegen. -
Sag' mir nichts! - Ich will aus deinem Wesen
Tief heraus mir jedes Goldkorn lesen; -
Aus dem Schimmer der Verschwiegenheit
Will ich deiner Seele Bild bereiten; -
Und es soll in meinem Herzen stehn,
Hauchlos rein - und nur für dich zu sehn.

MÄDCHEN MIT DEN KRUMMEN BEINEN

Mädchen mit den krummen Beinen,
wie dein Dackel schief im Gang,
glätte mir dein weißes Leinen.
Grade will dein Wuchs mir scheinen,
liegst du lang.

Deine Haut, die fleckig, kreidig,
dir verunziert Stirn und Wang,
rötet sich und wird geschmeidig
und dein Borstenhaar wird seidig,
liegst du lang.

Dein Organ ist wie der Spatzen
kreischend krächzender Gesang.
Komm auf schwellende Matratzen !
Wohllaut wird dein heisres Kratzen,
liegst du lang.

Armes Kind, nie kam ein Freier,
der dich auf sein Lager dang.
Komm zu mir zur Liebesfeier !
Mir schwillt Mut und Blut und Leier,
liegst du lang.

Leg dich zu mir ins Bett,
Ganz nackt, nur allenfalls
Mag dir dein Amulett
Niederhängen am Hals.

Nach unsrer ersten Nacht
Gab ich es dir als Pfand,
Wie du mich glücklich gemacht,
Und wie süß ich dich fand.

Trüb ward das Silber, schau!
Und verwischt ist das Bild
Der benedeiten Frau
Und ihres Knäbleins mild.

Willst du ein Kindlein auch?
Rücke nah zu mir her,
Daß meine Seele tauch
In deiner Liebe Meer.

Küsse mich. Schmal ist das Bett,
Mulde himmlischer Lust.
Fort mit dem Amulett!
Nackt stürme Brust an Brust!

(Emmy.)

DAS FEIGEN BLATT

FOLG MIR IN MEIN DOMIZIL

Folg mir in mein Domizil,
liebes Kind, und frag nicht viel.
Wirst schon alles lernen,
wirst schon alles sehn,
liest nicht in den Sternen,
was dir heut noch alles kann
für Heil geschehn.

Stehst herum in Nacht und Wind.
Komm ! Bei mir ists warm, mein Kind.
Geb dir einen Taler,
koch dir ein Glas Tee.
Einen Emmentaler
essen wir selbander auf dem Kanapee.

Bleibst bei mir bis früh am Tag.
Geht dann jeder, wo er mag.
Ich zum Redaktöre,
du, wohin dichs treib.
Morgen küßt, ich schwöre,
dich mein guter Nachbar,
mich des Nachbars Weib.

Der Jüngling, den wir neulich trafen,
der so gefällig war und nett,-
heut geht der Jüngling mit dir schlafen,
und ich, ich geh allein zu Bett.

Er zeige sich gewandt und tüchtig.
Nur wackern Männern gönn' ich dich.
Du siehst, ich bin nicht eifersüchtig.
Sei lieb zu ihm - und denk an mich.

(Mary.)

FRÜHLINGSERWACHEN

Wieder hat sich die Natur verjüngt,
wieder sich mit frischem Stoff gedüngt,
und dem Moder wie den jungen Keimen
hat die Kunst zu malen und zu reimen.
Die Gebeine harren der Bestattung,
währenddem die Früchte der Begattung
fröhlich ins Bereich des Lebens ziehn,-
insoferne sie soweit gediehn.
Viech- und Menschern heben sich die Büsen;
in den Bäumen quillt's und den Gemüsen.
Tief im Kern der Erde hat's gekracht:
Ja, der Früh-, der Frühling ist erwacht.

DAS KLEINE MÄDCHEN

Am Wege ohne Falsch und Bös,
noch kindlich im Gewand
und erst seit kurzem amurös,
ein liebes Mägdlein stand.
Um Ohr und Schläfe quoll das Haar
in bräunlichem Gelock,
und senkrecht wuchs das Beinepaar
aus dem karierten Rock.
Ihr dunkles Auge spähte rasch
die Straße quer und lang,
ob's einen Männerblick erhasch,
flog auf und nieder bang.
Und kam des Weges ein Kommis
und sah die Kleine stehn,
dann ward sie rot, dann zittert sie
vom Kopf bis zu den Zehn.
Doch wenn geziert ein feiles Weib
an ihr vorüberstrich,
dann schütterte der junge Leib
vor Neid und straffte sich.

Am Spätnachmittag ging sie heim;
ein schwerer Schatten fiel.
Sie fand der Sehnsucht keinen Reim,
dem Herzensdrang kein Ziel.
Und mit den Eltern saß zuhaus
sie um den Tisch herum,
da schämt sie sich die Augen aus
und wußte nicht, warum.
Doch erst, wenn es in dumpfem Takt
vom Kirchturm schlug zwölf Uhr,
dann stand sie vor dem Spiegel nackt
und drehte die Figur.
Es flog der Puls, der Atem dampft
Und wütend war die Faust
um die gestraffte Brust gekrampft,
in der es gor und braust.
Dann kam der Schlaf, der drückte sie
mit Träumen schwer wie Blei,
er führte Hure und Kommis
im wilden Tanz vorbei.

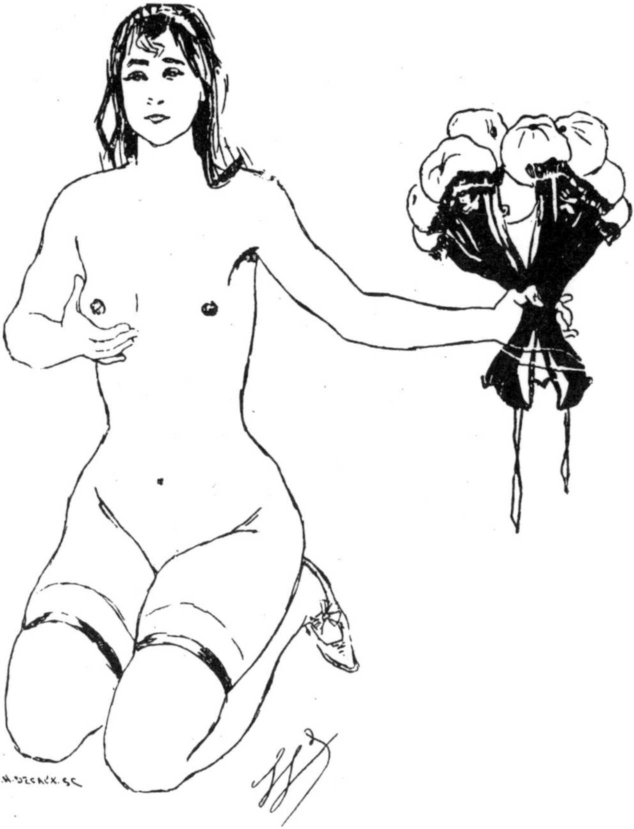

Und alle Sehnsucht dreht und wand
sich mit im Walzerkreis.
Die Morgensonne kam und fand
das Kind im Fieberschweiß.
Doch vor und nach dem Mittagsmahl
da stand sie wieder dort,
wo sie den Träumen Nahrung stahl
und wollte nimmer fort.

Das Leben floß. Doch ein Gebet
trat auf die Lippen ihr:
"O, Gott, schick einen, der dort geht,
schick einen doch zu mir!
O, nähm mich einer mit Gewalt!"
So hat sie stumm geklagt.
Sie war erst dreizehn Jahre alt,
und keiner hat's gewagt.
Mit fünfzehn war sie blaß und bleich,
war müde und verblüht
und hat sich um das Himmelreich
des Glücks nicht mehr bemüht.

Und als sie siebzehn Jahre war,
da kam ein Pharmazeut,
der führte sie zum Traualtar.
Wie das die Eltern freut!
Vier Kinderchen zeugt er mit ihr,
so ging die Zeit herum.
Die Kinder wurden alle vier
gesund, vergnügt und dumm.
Die gute Mutter blieb dem Mann,
dem eh'lichen Gemahl,
so treu wie's nur verlangen kann
die sittsamste Moral.
Nur manchmal, wenn der Bettgenoß
laut schnarcht, stand sie voll Leid
am Wege, wo das Leben floß,-
im kurzen Mädchenkleid.
Dann hat sie's andern Tags gespürt,
als ob ein Fehl sie reut:
Der einzige, der mich je berührt,
ist dieser Pharmazeut!

Ich wollt' dein Bett mit einer Rose schmücken.
Ich fand sie nicht.
In ihr sollt meine Reinheit dich beglücken.
Du fandst sie nicht.
Wie oft schon schenkte ich dir Herzensgaben!
Du fandst sie nicht.
Ich hofft', mein Herz sollt' endlich Ruhe haben.
Ich fand sie nicht.

ADELGUNDE

Die Liebe ist was Süßes zwar,
doch schlägt sie manche Wunde;
dies nahm am eignen Leibe wahr
die Jungfrau Adelgunde.
Bedenklich ist's insonderheit,
steht liebevolle Zärtlichkeit
mit Unbedacht im Bunde.

Sie, die aus gutem Hause war,
war gleichwohl etwas luftig.
Ein Mann nahm diesen Umstand wahr,
und der betrug sich schuftig.
Er warb, wie's so zu gehen pflegt,
um Adelgunden unentwegt.
Ihr Körper roch so duftig.

Er hieß mit Namen Theodor
und war vom Stand ein Schlosser.
Die Brust wölbt sich ihm breit hervor,
von Kräften überfloß er.
Gestützt auf seine Lendenkraft
hat Adelgunden er errafft.
Die Lieb ins Herz ihr goß er.

Zwar sträubte sie sich lange Zeit
mit Händen und mit Füßen.
Doch endlich fand sie sich bereit,
die Tugend einzubüßen.
Seitdem im Bann der Liebesmacht
ließ sich die Jungfrau Nacht für Nacht
den holden Schlaf versüßen.

Doch gar zu tief hat Adelgund
enthüllt was an ihr weiblich,
und eines Tages tat sich kund,
sie liebten sich zu leiblich.
Ein Unwohlsein macht ihr bekannt
den Fall, in dem sie sich befand -
ihr Schmerz war unbeschreiblich.

Der Theodor jedoch bedacht
des Abenteuers Kosten,
und drückte sich in stiller Nacht
von ihres Bettes Pfosten;
und mocht es auch verwerflich sein,
er ging nach Haus und schlief allein
und ließ die Liebe rosten.

Guillaume

Bei solchen Schenkeln hat sogleich
sich anderwärts beweibt er.
Das Mägdlein aber wurde bleich
und jeden Tag beleibter.
Sie lief vom Fenster bis zur Tür,
und jammerte nur für und für:
mein Theodor - wo bleibt er ? !

Auf ihren Lippen dieses Wort,
so harrt sie Stund um Stunde.
Inzwischen wuchs ihr fort und fort
der Körper in die Runde.
Und eines Tages war's so weit,
ein kluges Weib kam hilfsbereit
zur armen Adelgunde.

Die aber schrie vor Schmerz und Zorn,
daß alles ringsum krachte,
und grämte sich um Theodorn,
was sie bewußtlos machte.
Und daher sah sie nicht genau,
was unterdes die kluge Frau
ans Licht der Erde brachte.

Ein Knäblein war es allerliebst,
das sich dem Leib entwunden.
Das strampelte im Bett und piepst
und weckte Adelgunden.
Jedoch von Schmerzen übermannt,
hat sie die Lage kaum erkannt
und drum nicht schön gefunden.

Gleich wieder das Bewußtsein schwund.
Da spritzt die Hebemuhme
sie auf die Stirn und auf den Mund
mit kölnischem Parfume.
So ward sie wiederum bewußt.
Jedoch es stach ihr in der Brust
wie eine dornige Blume.

Das Kindlein aber in dem Bett
schrie froh an ihrer Seite.
Da lachte sie und fand es nett
und herzte es und eite.
Und wie sie es so küßt und kost,
gab ihr die Mutterliebe Trost.
Dann fuhr ihr Sinn ins Weite.

Der Sinn, er fuhr zum Theodor,
zum Rabenmann und -vater,
und leise kam das Wort hervor:
"Oh, Theodor, was tat er!
An mich schleicht nun der Tod heran,
was aber fängt mein Söhnchen an?
Wo ist ihm der Berater?

Wer gibt ihm Hemdchen, Milch und Geld?
Ist er nicht brav und niedlich?
Oh Gott, wie ist doch in der Welt
das Schicksal unterschiedlich! -
Auch er soll heißen Theodor!" -
Dann blickt sie nochmal um und fror,
und stöhnt und starb ganz friedlich.

Auf Armenkosten schickte man
sie auf die letzte Reise.
Das Knäblein aber wuchs heran
als elternlose Waise.
Ein Köhlerpaar mußt ihn erziehn
für Armengeld. Das prügelt ihn
bei wenig Trank und Speise.

Mit sieben Jahren mußt er schon
im Walde Brennholz stehlen,
und mußte sich für Prügellohn
im Köhlerdienste quälen.
Und als er groß geworden war,
erschlug er einen Juden gar
am Tage Allerseelen.

Sehr bald fand ihn die Polizei
und bracht ihn vor den Richter.
Der fand, daß Theo schuldig sei
und nannt ihn Mordgelichter.
Am Galgen hing zur Morgenstund
der Sohn der guten Adelgund.--
Ich aber ward ihr Dichter.

Ich zog einmal ein liebes Kind
in meine Mannesarme.
Da ward sie ganz von Liebe blind
und frei von allem Harme.
Doch als ich eine andre nahm,
hat es sie schwer getroffen.
Es standen ihr vor Leid und Gram
die beiden Augen offen.
Und ward sie vorher nur gewahr
in meinem Kuß die Reinheit,
jetzt ward ihr plötzlich offenbar
nur Sünde und Gemeinheit.
O Mensch, vertrau den Menschen nicht
in liebevoller Blindheit.
Das Unheil schlägt dir ins Gesicht
mit seltsamer Geschwindheit.
Die Freuden fallen insgesamt
dir in das trübste Wasser.
Und wie mein Mädchen mich verdammt,
wirst du zum Menschenhasser.

Frauen die Pakete tragen,
Kaffee, Zigaretten zahlen,
mit galanten Träumen prahlen,
freche kleine Dinge sagen,
daß es in den Augen glimmt,-
dann alleine heimgehn müssen:
Dazu hat mich Gott bestimmt.
Und die Lippen möchten küssen.

Freund sein aller schönen Frauen,
jeder Sünde der Vertraute,
stets das Spitzenhemdchen schauen,
wo der Nachbar Nacktheit schaute,
spröden Herzen das Gelüst
auf die weiche Lippe locken,
ahnend, wie sie andre küßt - - -
und mein Mund wird welk und trocken.

Prüf ich mit der Seele Sonde
meines Herzens liebe Frauen,
so gewahr ich eine Blonde,
welcher licht die Augen blauen;

Welcher weiß die Hände leuchten,
tastend, wo sie Liebe wittern,
welcher von den roten, feuchten
Lippen Leid und Sehnsucht zittern.

Der sich auf die Stirn die Zeichen
reinen Frauenernstes schrieben,
deren Leib, dem schmerzensreichen,
Gott Gewähren gab und Lieben.

Doch ihr Haar ist wie Getreide,
das sich glättet vor den Föhnen....
Diese Frau soll mir im Leide
und im Glück die Welt verschönen.

In der trüben Einsamkeit
späh ich nach der Spur
jener kurzen, süßen Zeit,
da ich Glück erfuhr.

Ja, die Wege weiß ich noch,
und die Spur ist nah.
Aber Schnee liegt spannenhoch,
wo mein Glück geschah.

Meine Tränen fallen drauf,
wärmen rings den Ort.
Und der Schnee taut langsam auf,
und der Schnee schmilzt fort.

Du willst nichts mehr von meinem Leid,
nichts mehr von meiner Liebe wissen.
Ich weine nicht mehr in dein Kleid.
Du hast mein Bild in dir zerrissen.

Nun ist mein Kopf so leer und dumpf,
als wär der Welt ihr Glanz genommen,
als wäre mir dein toter Rumpf
im wilden Traum vorbeigeschwommen.

DU HAST MICH FORTGESCHICKT...

Du hast mich fortgeschickt,
und ich geh heim.
Die Gaslaternen blinzeln frech
und schielen.
Im Rinnstein drängt sich
dicker Straßenschleim.
Zufrieden tropfend gluckst es
in den Sielen.

In einem Seitenweg verhallt ein Schritt,
leicht und beschwingt, als käm er
vom Genießen.
Studenten torkeln mir vorbei zu Dritt,
die Zeitungsblätter auf die Stöcke spießen.

Ich tu mir leid. Mein Schmerz
stimmt mich vergnügt,
heißt mich auf alle Ärgernisse achten,
ob gegen dich sich draus ein Vorwurf fügt
und die, die im Caféhaus mit dir lachten.

Wart! Mor

Mein
zu
Da bin ich,-
und küsse we

PASTE
VERKE

Du willst nichts mehr von meinem Leid,
nichts mehr von meiner Liebe wissen.
Ich weine nicht mehr in dein Kleid.
Du hast mein Bild in dir zerrissen.

Nun ist mein Kopf so leer und dumpf,
als wär der Welt ihr Glanz genommen,
als wäre mir dein toter Rumpf
im wilden Traum vorbeigeschwommen.

DU HAST MICH FORTGESCHICKT...

Du hast mich fortgeschickt,
und ich geh heim.
Die Gaslaternen blinzeln frech
und schielen.
Im Rinnstein drängt sich
dicker Straßenschleim.
Zufrieden tropfend gluckst es
in den Sielen.

In einem Seitenweg verhallt ein Schritt,
leicht und beschwingt, als käm er
vom Genießen.
Studenten torkeln mir vorbei zu Dritt,
die Zeitungsblätter auf die Stöcke spießen.

Ich tu mir leid. Mein Schmerz
stimmt mich vergnügt,
heißt mich auf alle Ärgernisse achten,
ob gegen dich sich draus ein Vorwurf fügt
und die, die im Caféhaus mit dir lachten.

Wart! Morgen sprechen wir uns
schon dafür.
Mein Ingrimm wird sich
zu entladen wissen.-
Da bin ich,- öffne zögernd deine Tür -
und küsse weinend deine leeren Kissen.

Rouveyre.

Was ich besessen -
wie könnt ichs vergessen?
Was ich verlor -
wie könnt ichs ermessen?
Was du mir gegeben -
wie könnt ich es fassen?
Ich will dich nicht lassen.
Ich hebe mein Leben
zu dir empor.

LIEBESWEISHEIT

Jeden packt einmal die dicke Liebe,
packt einmal die feiste Leidenschaft;
und sie dauert, bis zu dem Betriebe
eines Tags der heilige Fleiß erschlafft.
Mit der Tatkraft schwindet die Begeistrung,
Schwer- und Weh- und Übermut entschwebt,
trotz der schämigen Gefühlsverkleistrung,
welcher die Gewohnheit sich bestrebt.
Kritisiert wird, wo man sonst geschmachtet;
die Figur, der Zuschnitt des Gewands
wird mit nörgelndem Verdruß betrachtet -
des bislang geliebten Gegenstands.
Auch der Spendereifer ist geschwunden:
Früher war ein liebreiches Geschenk
mit entzücktem Opferstolz verbunden;
heute schmerzt es nur im Handgelenk.
Und die Hand, die sonst in weichen Wellen
glättend hinfuhr, wo sich zeigt ein Weh,
legt sich neuerdings in solchen Fällen
schwer und wuchtig auf das Portemmonaie.
Freund, hat dich gepackt die dicke Liebe,
und erfüllt die feiste Leidenschaft,--

prüfe wohl, wann dir zu dem Betriebe
eines Tags der heilige Fleiß erschlafft.
Denn das ist die gottgewollte Stunde,
abzuschließen mit entschlossenem Schnitt,
wo als neuer Mensch zum ewigen Bunde
mit der Frau man zum Altare tritt.

Als ich dich fragte:
Darf ich Sie beschützen?
Da sagtest du: Mein Herr,
Sie sind trivial.
Als ich dich fragte:
Kann ich Ihnen nützen ?
Da sagtest du:
Vielleicht ein andres Mal.
Als ich dich bat:
Ein Kuß, mein Kind, zum Lohne !
Da sagtest du: Mein Gott,
was ist ein Kuß ?
Als ich befahl: Komm mit mir,
wo ich wohne ! -
Da sagtest du: Na, endlich ein Entschluß !

(Grete.)

MIZZI

Schon fünfzehn Jahre, Aphrodite.
Hab ick mir Deinen Dienst jeweiht,
Und meiner Jugend feuchte Blüte
Hab ick den Männern hinjestreut.
Und wer sich je zu mir bemühte,
Fand mich zum Liebestanz bereit.
Du weißt es ja, die Jugend liebt sich:
Ick nahm nie mehr als zwei Mark siebzig.

Ich diente emsig und jeschäftig
Und fand nie etwas Peinliches,
und bin ick heut noch immer kräftig,
Dir, Aphrodite, dank ich es.
Doch nie war der Verkehr so heftig
wie jetzt beim Sittlichkeitskongreß.
O Aphrodite, sieh es macht sich.
Ick nehme jetzt schon zwei Mark achtzig.

PASTE

RENDEZVOUS

Ich bin verdammt zu warten
in einem Bürgergarten
auf das geliebte Weib.
Nun sitz ich hier als Beute
gewissenloser Leute
mit breitem Unterleib.
Sie sind so froh beim Biere,
bald zwei, bald drei, bald viere --
und reden vom Geschäft.
Die Gattin spricht vom Hause,
die Töchter trinken Brause,
und Flock, das Hündchen, kläfft.
Die Kellnerinnen schwirren.
Die Tischgeschirre klirren.
Der Himmel scheint so blau.
Wie süß ists doch, zu warten
in einem Bürgergarten
auf die geliebte Frau.

Es stand ein Mann am Siegestor,
der an ein Weib sein Herz verlor.
Schaut sich nach ihr die Augen aus,
in Händen einen Blumenstrauß.
Zwar ist dies nichts Besunderes.
Ich aber - ich bewunder es.

DIE UNS SCHEIDEN, MISS NICHT DIE MEILEN

Die uns scheiden, miß nicht die Meilen.
Die uns trennen, zähl nicht die Stunden.
Länder sind weit, Tage enteilen.
Wir bleiben verbunden.

Aus aller Trübnis sollst du mich retten,
sollst mir die Ketten
und Fesseln lösen
und mich vom Bösen und Kranken befrein.
Sieh! meine schönsten Gedanken sind dein.
Dich zu empfangen
mach ich mich klar.
Weißt du noch, wie im vergangenen Jahr
uns Lerchen sangen?
So soll es wieder und immer sein.

21

SPIEL NUR, LUSTIGER MUSIKANTE

Spiel nur, lustiger Musikante,
spielst du auch verkehrt.
Wer sein bißchen Glück nicht bannte,
war sein Glück nicht wert.

Streiche nur den Fiedelbogen
über deinen Baß.
Wem sein bißchen Glück verflogen,
merkt, daß er's besaß.

Fiedle, daß die Saiten springen
samt dem Instrument.
Glück läßt sich nicht wiederbringen,
wenn's von dannen rennt.

MEINER ZENZL

Wer wahrhaft liebt, scheut keine
Schwierigkeit.
Ob es im Winter noch so friert
und schneit,-
er trägt zu seines Herzens Heiligtume
desungeachtet eine Frühlingsblume.

Nimmst du es mit der Pflicht der Liebe
ernst,
so prüfe, wo des Nächsten Kummer haust.
Indem du ihm die Pein vom Haupt
entfernst,
hast du die eigne Seele mit entlaust.

Herr Bräutigam und Fräulein Braut
das große Glück - jetzt naht es.
Das Standesamt hat Sie getraut,
und auf Ihr Bündnis nieder schaut
fortab das Aug' des Staates.

Sah man je ein solches Glück?:
Drehn die Eltern sich im Tanze
- Eins, zwei, drei - und - vor, zurück! -
hüpft die Kinderschar im Kranze,
brav sich bei den Händchen führend
ringsherum auf ihre Weise.-
Der Beschauer denkt sich leise:
Wie ergreifend! Nein, wie rührend!

O Weib - Gemahlin, Schwester, Tante
oder Schwägerin -
Du bist der Menschheit holde
Blumenträgerin, -
und wo Du weilst - Amalchen, Röschen
und Brigittichen, -
bist Du umrauscht von lichten
Engelsfittichen.

So warb der Sportsmann Max um sein
Weib Marie:
"Willst du es mit mir wagen, meine Teure?
Begleite mich zur ewigen Kahnpartie:
Ich rudre dich durchs Leben, und
du steure!"

Wer nie vor einem Herzen gekniet
und hat ihm ein Blümlein dargebracht,
der ist so arm, daß die Sonne ihn flieht;
der kennt nicht der Liebe
himmlische Macht.

VERZEICHNIS DER ABBILDUNGEN

*